耕心集

方润生◎著

北京师范大学出版集团
BEIJING NORMAL UNIVERSITY PUBLISHING GROUP
安徽大学出版社

图书在版编目(CIP)数据

耕心集/方润生著. —合肥:安徽大学出版社,2017.5
ISBN 978-7-5664-1403-8

Ⅰ. ①耕… Ⅱ. ①方… Ⅲ. ①诗集—中国—当代 Ⅳ. ①I227

中国版本图书馆 CIP 数据核字(2017)第 112074 号

耕　心　集
GENGXIN JI

方润生　著

出版发行: 北京师范大学出版集团
安 徽 大 学 出 版 社
(安徽省合肥市肥西路 3 号 邮编 230039)
www.bnupg.com.cn
www.ahupress.com.cn
经　　销: 全国新华书店
印　　刷: 合肥远东印务有限责任公司
开　　本: 152mm×228mm
印　　张: 8.5
字　　数: 85 千字
版　　次: 2017 年 5 月第 1 版
印　　次: 2017 年 5 月第 1 次印刷
定　　价: 33.00 元
ISBN 978-7-5664-1403-8

策划编辑: 朱丽琴　张　锐　　**装帧设计:** 丁　健
责任编辑: 张　锐　王　勇　　**美术编辑:** 李　军
责任印制: 陈　如

目　录

诗是什么

小　桥

园丁赞

雨　水

桃　花

诗是什么

关于思维的遐想

人的思维不是二进制，
不是科学缜密非此即彼，
它有着无法揣测的神奇，
它有着令人遗憾的缺隙……

人的思维是庞大的，
上至天文下至地理，
自然科学社会科学，
宏观世界微观个体……

人的思维是复杂的，
它瞬息万变晴空泼雨，
既有喜怒哀乐，
更有悲欢聚离……

人的思维是神奇的，
无需借助高超的工具，
能演绎那么复杂的运算，
能洞悉那么高深的哲理……

人的思维是美妙的，
能够在世俗的肉体之上，
让你沉醉在快乐的世界，
让你享受着精神的醐醍……

人的思维是细腻的，
它情感丰富触角敏锐，
既能感知世界的毫末，
更能穿越人心的藩篱……

人的思维是跳跃的，
不需要鼠标的点击，
一会儿是珠峰皑皑的白雪，
一会儿是大洋深邃的海底。

人的思维是莫名的，
不需要任何的理由，
今日对你无比的眷恋，
明朝却把你无端地抛离……

人的思维是残缺的，
不是天衣无缝永远正确，
谁没犯过判断的错误，
谁未曾事后懊悔不已……

人的思维不是二进制，
不是科学缜密非此即彼，
它有着无法揣测的神奇，
它有着令人遗憾的缺隙……

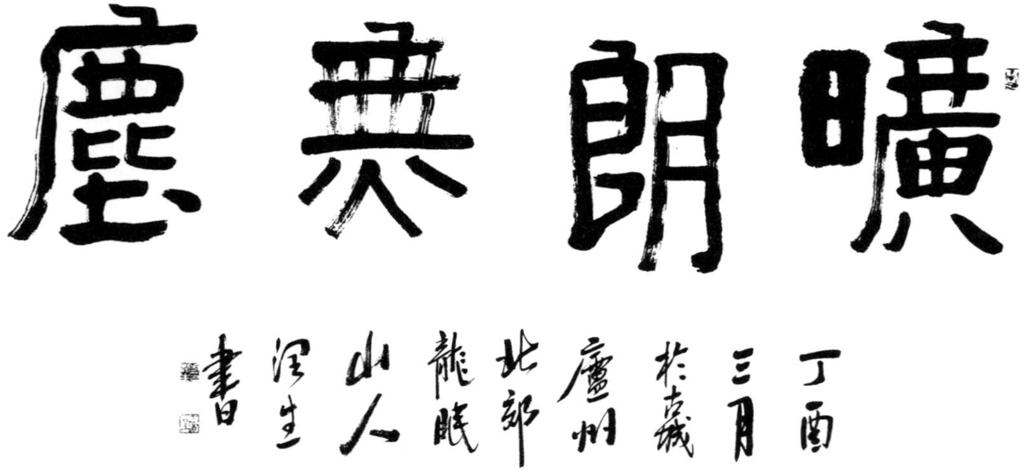

(方润生　书)

诗是什么

一粒种子，
在思想的废墟上，
承了春风，
蒙了雨露，
长出了一片新绿。
我想，
这就是诗。

一滴水珠，
在精神的波涛里，
顺势随流，
奔腾激荡，
到达理想的彼岸。
我想，
这就是诗。

一片白云，
伴着绵延的山峦，
夕阳西下，
晚风轻拂，
一群南归的鸿雁。
我想，
这就是诗。

一阵春风，
一场夏雨，
一段秋凉，
一袭冬阳，
我想，
这都是诗。

诗是志的表达，
诗是情的传递。

诗是良辰美景，
诗是思想新意。

诗是精神升华，

诗是满心欢喜。

诗是劳动号子，
诗是苦涩眼泪。

诗是燕语莺声，
诗是情感决堤。

诗是童言稚语，
诗是生活积累。

西去列车上[1]

列车西去又一回，
窗口觅诗斗柄垂。
因有贺君名篇在，
搬来丽词无计堆。

① 贺敬之先生曾作《西去列车的窗口》一诗，因之联想。

记　忆

记忆，
宛若这尊雪人，
慢慢垒起，
印象颇深。

记忆，
宛若这尊雪人，
留得多久，
温度决定。

记忆，
宛若这尊雪人，
任你多坚，
终究归尘……

漫步梦园

在一个秋天雨后的夜晚，
在一个叫作“梦园”的地方。

沿着爬满紫藤的围墙，
身影长了又短短了又长。

心情从没这样放松，
思绪少有这样懒散。

说过什么从未记取，
做过什么再不多想。

喧嚣的都市生活，
少有片刻歇息。

紧张的人生奋斗，
难得些许清闲。

飞行太久的小鸟，
盼望一根休憩的枝头。

疲惫不堪的心灵，
梦想一处平静的港湾。

盼枝头该见就可见到，
愿港湾想要就在眼前。

无　题

山有木兮木有枝，
心悦君兮君不知。
似醉非醉卧空榻，
燕语呢喃梦里痴。

归　零

恢复出厂时设置，
对我这杂乱的大脑。
格式化您的设备，
对我这纷冗的大脑。
如果真的可以这样，
我愿意找回童真的大脑。

那么，
我将拒绝感知烦恼的程序，
任世事纷扰，
我是一棵无忧的小草。

那么，
我将拒绝感知痛苦的程序，
任涛狂浪骇，

我是一座坚强的礁岛。

那么，
我将拒绝感知思念的程序，
任日出月落，
我是山我是水哪管天荒地老。

那么，
我将拒绝生成仇恨的程序，
任尔虞他诈，
我的概念里始终只有一个好。

那么，
我将拒绝施加报复的程序，
任风欺雪凌，
我的思维里永远只是一个了。

如果真的可以这样，
我将立即归零我这可怜的大脑……

月

那一春，
和风吹皱了湖面。
庐州西郊的茶楼有你，
还有，
安港码头那半璧瑶月。

那一夏，
暖风灿烂了花朵。
滁州的定远县城有你，
还有，
皇甫山上那满盘圆月。

那一秋，
西风萧瑟了竹叶。
瑯琊山的树林有你，

还有，
醉翁亭上那一弯残月。

那一冬，
朔风摧折了残荷。
古都未名湖畔有你，
还有，
卢沟桥头那一片冷月。

无题(二首)

其一

世事量变引质变，
地裂山崩有前显。
莫待引信燃烧尽，
要学布市[1]小于廉[2]。

其二

春风秋雨身外事，
聪明糊涂两可间。
万种心思无端起，
程门立雪一痴癫。

---

① 布市:布鲁塞尔市。

② 小于廉:布鲁塞尔市的一个小男孩。相传,他曾撒尿将敌人燃烧的导火索浇灭,使该市免于灾难。

思　念

思念，
你是绵长的线，
任他纸鸢多高，
你都紧紧相牵……

思念，
你是小溪的水，
任它大海多远，
你都勇往直前……

思念，
你是山野的火，
任它狂风暴雨，
你都烈焰喷燃……

思念，
你是人生的苦，
任它薅捋万遭，
你都长在心田……

思念，你是雨，
日日把我冲刷；
思念，你是火，
时时把我熬煎！

终究会有一天，
思念，
你会把我冲刷成丝瓜的筋络，
你会把我熬煎成淡淡的轻烟……

我和你

我是一叶风筝，
你是那绵长的细线，
殷殷地牵挂着我。

我是一只蜘蛛，
你是那密实的丝网，
切切地背负着我。

我是一尾小鱼，
你是那清澈的小溪，
潺潺地欢乐着我。

我是一棵垂柳，
你是那和煦的暖风，
轻轻地抚摸着我。

我是一片绿叶，
你是那酥软的春雨，
悄悄地滋润着我。

我是一块坚冰，
你是那金色的阳光，
慢慢地融化着我。

哦，最后一节最贴切，
坚冰爱上阳光，
终究会融化了我。

无　题

半眠半醒看天下，
笑对际遇逆与昌。
世事洞明休点破，
人情练达别乖张。
斟茶须得三分满，
斗酒不过七成慷。
任由浮云遮望眼，
难得糊涂梦里香。

司空山[1]

战国风云本无常，
淳于清正更难忘。
司空声名已显赫，
店前隐居实迷茫。
蓊翳蔽日禅光显，
泉流映月佛意长。
太白左慈踪迹在，
菖蒲轻采亦端庄。

① 司空山因清正廉洁、官拜司空的淳于氏晚年来此隐居而得名，这里是禅宗发祥地，也是历朝历代旅游圣地，李白、左慈均留有名篇。

（方润生　书）

登无为大堤感而慨之

当年率众一万，
征战无为大堤。
历时一月有八，
扛回冠军锦旗。
而今重回故地，
少小皆成伯姨。
把酒追忆往事，
依稀鸿爪雪泥。

久雨偶晴有感

雾淡淡，
霾轻轻，
暖阳高照，
心情宽松。
二十来天连阴雨，
满腹愁绪，
立马扫清。

人生久旱盼喜雨，
阴雨连天望天晴。
世事盈虚要适度，
不过不欠方是真。

新　店

桐城东北隅，
有个小地方。
名字叫“新店”，
鄙人生此庄。

幼时看新店，
可是大地方。
街长一华里，
蜿蜒南北向。

学堂在街北，
公社在街南。
再南合作社，
更北食品站。

一人邮电所，
两人广播站，
三人卫生院，
四人粮油行。

还有信用社，
也算是银庄。
麻雀虽不大，
五脏却俱全。

最忆合作社，
那里有名堂。
彼时虽贫困，
商品也琳琅。

废塑牙膏皮，
蓖籽土鳖干。
蛇蜕旧报纸，
全可换小糖。

盐豆荷叶卷，
糖包三角尖。
舀酒竹端子，

扯布木尺量。

两分买春豆，
五分捡酱干。
有人就柜台，
散酒来三两。

中街剃头铺，
高矮椅一双。
刮脸掏耳朵，
表情特乖张。

交通靠地走，
板车最高档。
丈把土街面，
车辙深两行。

如此小集镇，
儿时甚向往。
政经大中心，
社住是高干。

岁月往前行，

新店渐变样。
撤区始建镇，
版图加石南。

高楼平地起，
新街扩数行。
水泥铺路面，
霓虹映两旁。

酒楼四五家，
商超十几片。
鸿运始于此，
印铁名传扬。

依托新时代，
小镇通四方。
年年庆嘉节，
豪车连成串。

面对庐江县，
小镇也辉煌。
坚实桥头堡，
新店实敢当。

区划再调整，
吕亭向东张。
小镇成大村，
村民泪汪汪。

回首看过去，
镇村有何干？
不劳镇无食，
辛勤村也香。

祝愿我新店，
人丁香火旺。
锦绣小集镇，
绵延千万年。

小桥

忆秦娥·远观沙际成先生国画工作室揭牌典礼

翰墨香，
沙翁画廊新开张。
新开张，
龙舒书画，
再写华章！

各界名流兴未央，
八方宾朋共尽觞。
共尽觞，
来日再聚，
满堂辉光！

忆秦娥·远观兆玉先生《六十启航》书法展

书道长，
六十之后再启航。
再启航，
前程似锦，
万丈光芒！

耳顺之年心事闲，
无忧无虑耕砚田。
耕砚田，
独树一帜，
再造一狂[①]！

---

① 狂：张兆玉先生常用于自称。

故乡赞歌

盛唐至德建桐城，
千二百年皆崇文。
钟灵毓秀山水美，
知书达礼家族风。
天下文章此地出，
朝中名宰斯域生。
黄梅小调成大戏，
妙墨流韵善美真。

寄旅居京华友人

冰天雪地凛冽冬，
欲诉无人心里空。
千呼万唤春不见，
岸柳何时吐绿葱。

问客陈祥先生

客从南国来，
春光应先醉。
不知溪流旁，
迎春着花未?

忆桐城八中学习生活

韶华尽失咒逝川，
八中四十二年前。
课堂苦攻数理化，
荒岗力种豆薯棉。
食堂米饭肚难饱，
竹筒霉菜味也甜。
幸喜师长全尽责，
畅饮两年知识泉。

读申晥如先生画作有感

终年捣药在月宫，
偷别嫦娥下凡中。
双亲一见倍欢喜，
青脆莱菔满山冲。

读陆静波先生油画《临水人家》

绿荫环抱水中天，
鸡犬之声催炊烟。
陶令不知何处去，
野菊丛丛东篱边。

纪念《兰亭集序》诞生

时序往后去，
一六五二年。
兰亭众友聚，
流觞三月三。
曲水浮素卵，[1]
蒿饼散清香。
名爵诗稿集，
内史作序忙。
兹此习书者，
临摹千万番。
古人无可及，
来者更不堪。
行书一巅峰，
有谁能登攀！

---

① 曲水浮素卵是上巳节习俗，即把煮熟的鸡蛋放在流水中任其浮游。

拟石翁嘲拜者

当年揖拜是米公，
今日伫观为方生。
前仆后继癫狂客，
我自千载笑春风。

斗室习书随想

地下斗室作书房，
寒来暑往习字忙。
偶有名家来指点，
鸾飞凤舞世事忘。

谒许世友将军灵寝

出生入死铸军魂，
将军一世留英名。
生前竭忠毛主席，
死后尽孝父母灵。
千树松柏伴忠骨，
万瓶美酒寄民情。
县府正建新场馆，
他年再来表我心。

定远笔会

赤日炎炎赴曲阳，
嗟虞墩上美草[①]长。
大家云集鹅池黑，
自此方信定文章[②]。

① 美草：虞美人草。
② 古有“寿（县）字、怀（远）画、定（远）文章”之美誉。

观天月老千禧画作有感

亭亭玉立竹数丛，
嶙峋巨石立司晨。
君临天下威武势，
唱开千家万户门。

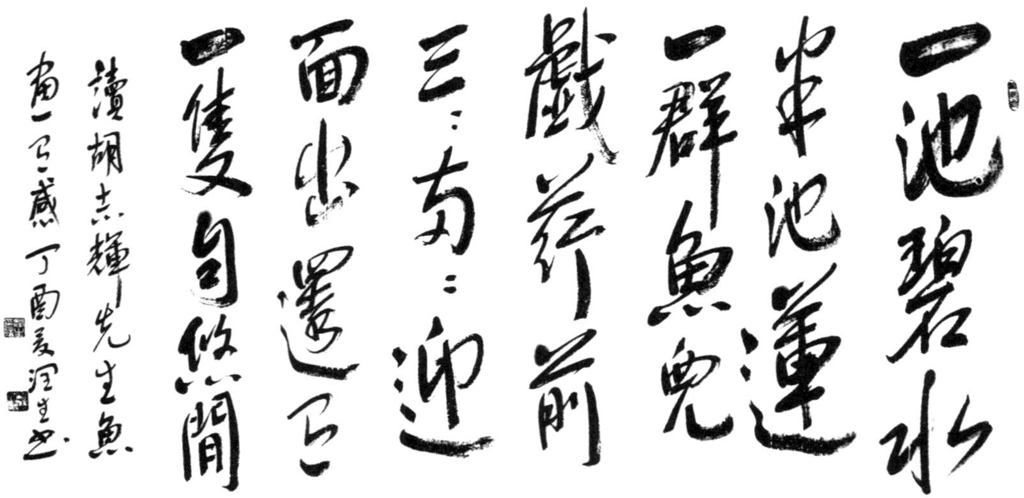

(方润生　书)

读胡志辉先生《知鱼之乐》有感

一池碧水半池莲，
一群鱼儿戏荇前。
三三两两迎面出，
还有一只自悠闲。

小　桥

去外婆家的路上，
有一座青石小桥。
桥基用块石垒起，
桥面是三根石条。

这边是我家的村庄，
那边是外婆家的街道。
小时候去看望外婆，
无数次走过小桥。

喜欢坐上残缺的桥基，
看山坡上欢快的小鸟。
更喜欢从清澈的河水，
看蔚蓝的天空白云飘飘。

河床上是细腻的黄沙，
螺蛳和螃蟹静静地睡觉。
一群野鲫悄悄地游来，
蓝天和白云便左右漂摇。

炎夏的午后了无睡意，
邀三五同伴来到小桥。
打个赤膊跳到桥底，
在石头缝里把鱼儿摸捞。

头上顶着简单的衣巾，
嘴里衔着长长的柳条。
约莫一个时辰过去，
柳条便被鱼儿串满了。

秋天的河水又浅又少，
一半河滩一半沟槽。
夜晚就着明亮的火把，
沙滩上把螃蟹泥鳅寻找。

长大后便离开了家乡，
很少再走过这座小桥。
如今外婆已经远去，

带走的还有这座小桥。

离过去小桥不远的地方，
已架起一座水泥拱桥。
车来车往人流熙攘，
我心中却刻着那古老的石桥。

卜算子·祭祖

故园春节前，
祖上坟茔地。
片片香火祭先人，
深恩长相忆。

情是骨肉情，
意是血脉意。
浓浓孝道传万代，
神州有正气。

春　梦

昨夜宿故居，
梦回四十年。
山水彼时景，
街景亦还原。
真真弱冠貌，
切切书生颜。
春风撩黑发，
腼腆弟子前。

园丁赞

记全省中职学校学生德育与管理经验交流会

大蜀山麓雨绵绵，
职教筑梦新华园。
参会学校八十所，
做客嘉宾二百员。
立德树人旌旗奋，
校企合作主题显。
更有领导指迷津，
抖擞精神再向前。

赴界首非遗盛会有感

刘金逐鹿颍水旁，
一沟为界近千年。
抗战始称“小上海”，
当代盛产优质棉。
小麦玉米牛羊皮，
彩陶剪纸柳条编。
更有职教担大任，
非遗绝技万世传。

赴锡山驾校颁发毕业证

十四精英攻大专，
为颁证书赴锡山。
中专首读零六始，
高等再造近三年。
回顾过往多趣事，
展望未来添笑颜。
人生相逢逾千万，
几多情谊胜这般？

(方润生　书)

大国工匠

观"大国工匠进校园·广西站首发式"感而记之。

全总关工谋划全，
大国工匠进校园。
北京武汉分伯仲，
柳州奋力争第三。
请来大师皆名流，
听完事迹俱震撼。
军工一机卢仁峰，
单掌焊出陆战王。
故宫高手有王津，
古钟出尘现华光。
南宁铁路李桂平，
技术革新攻难关。
三位常人三巨匠，

千余师生千人赞。
工匠精神得传承，
职教显出新光环。
一代后生皆成匠，
二零二五我逞强。

又见校园海棠开

冷铁锤出来的枝梗上，
却生出这些火红的唇。
在料峭的春寒里，
如此热烈这般单纯。
海棠怎可依旧，
岁月难以重逢。
年年应时而至，
为了谁,你这相思的魂!

和余君《咏退休》

退休离岗真自由，
生活更有新要求。
垂钓垂来世事乐，
弄弦弄去人间愁。
三尺讲台留记忆，
万树栋梁起危楼。
桑榆美景胜东隅，
红霞满天映白头。

又见校园榴花开

桃李显青涩，
杜鹃谢粉彩。
人勤感江淹，
早遣榴花来。

写办公楼前杜鹃花

明德楼前花数丛，
绚丽烂漫喜煞人。
昔日笑在山之峭，
今朝校园抖精神。

题校园枫叶

不是北平非西山，
枫叶怎可似这般。
只缘心血化春水，
染得绿云成朱丹。

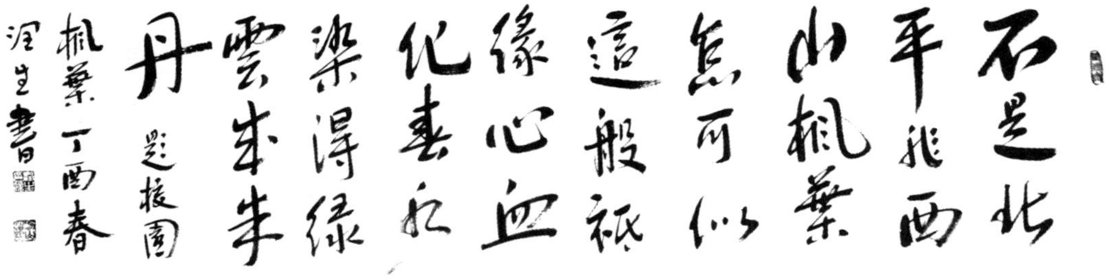

(方润生　书)

园丁赞

白杨、青松、红杏、冬青……

漫步校园，满园如画的美景。

是谁精心设计？是谁妙手着春？

啊！是您——亲爱的园丁！

春天，您栽下嫩弱的幼苗；夏天，您挥汗浇灌、除草、遮阴；秋天，您收获金色的种子；冬天，您修剪枯枝，培土壅根。

一场晦雨后，叶儿黄了，是您亲手为她诊治；一阵狂风后，苗儿歪了，是您亲手将她扶正；害虫来了，您用药液将它杀死；冗枝生了，您又细心地清杂除萌……

日复一日，如梭光阴，多少载过去了，昔日的幼苗已一茬茬地成材结果，而银霜也悄悄地挂满了您的两鬓。

啊，平凡的劳动，辛勤的耕耘，无私的奉献，光荣的牺牲！您以自己的默默无闻，赢得林木片片，硕果累累，大地葱绿，祖国长春……

啊！我赞美那挺拔的白杨、苍劲的青松、芬芳的红杏、浓郁的冬青……然而，我更要赞美的，是您——亲爱的园丁！

植树节遐思

十年前，
我们在校园，
种下了片片新绿。

十年后，
我们的校园，
已成为绿色的海洋。

看这边，
八棵合抱的香樟，
把办公楼绿染。

瞧那里，
八棵百龄的银杏，
成了教学楼的礼兵。

环道旁，
数百株樟树，
连成永恒的绿链。

广场上，
一片片杜鹃，
绽放出热情的火焰。

校门旁，
修竹浓密，
虚心亮节直冲云天。

还有那，
石楠樱花红叶李，
点缀着各自的空间。

十年树木，
深刻的哲理，
我们用双手已经实现。

几十年后，
栽树人已油枯灯灭，

而校园的树木会更加耀眼。

百年树人，
崇高的使命，
我们用心血薪火相传。

教育工作，
何尝不是植树造林，
园丁代代树木森然……

自　嘲

我本一村夫，
爱读圣贤书。
“文革”幸未辍，
写下命运谱。
一心干事业，
生活重清虚。
无惧年花甲，
振臂夕阳呼。

雨水

小满(二首)

其一

饱满的油菜籽收割了，
田野里弥漫着菜籽油的芬芳。
金黄的小麦收割了，
农舍里飘逸出新麦面的清香。
四野的农田里，
秋苗新抛瓜果垂蔓。
又是一轮农耕的换茬，
又是一番放飞的希望。

其二

小满好时节，
夏作半熟时。
皆言苦菜秀，
谁知靡草枯?

炎　夏

人力无回的天象，
为什么这般炎热?
我猜想，
你所有的焚炙，
所有的烧烤，
都是一种恣意的宣泄，
为的是一个永恒的追求——
孕育出三九寒冬，
那场洁白晶莹的雪。

无月中秋

欲赏中秋月，
嫦娥露玉颜。
且系一壶酒，
随月到君前。
未期莫兰蒂，
搬云来遮天。
心意虽切切，
思念何处牵！

春　秋

我用遍地的新绿，
我用满眼的光鲜，
送给你一个，
醉人的春天。

你用漫山的枯黄，
你用无边的落叶，
还了我一个，
萧瑟的秋天。

沁园春·老年节踏秋

佳节重阳，
蜀山北麓，
植物园里。
看片片金桂，
丛丛银菊，
秋色满园，
落英遍地。
鸟鸣轻轻，
蝉声稀稀，
天高气爽万事宜。
问游人，
赏林静溪缓，
谁肯步移？

年年有此畅游，
自天南地北聚一头。
见诸君兴浓，
春风扑面，
笑声朗朗，
歌声悠悠。
登高望远，
心潮澎湃，
皓首英姿也风流。
再击掌，
约明年今日，
更上层楼！

丙申立秋感伤岁月之促

前日才赏杜鹃红，
昨夜刚夸荷花容。
今朝似闻金桂香，
明夕梅开又一重？

初　冬

初冬时节风渐阴，
千枝万叶始凋零。
虽有苔痕上阶绿，
不见草色入帘青。

清明(二首)

其一

这样一个古老的节日，
为的是悼念逝去的亲人。
白天你去祭扫了他们的荒塚，
夜里他们就可能走入你的梦中。
虽然已是阴阳两隔，
亲情却永远难舍难分。
有了这样的一个节日，
生死际会思念愈深。

其二

漫山嫣红漫野葱，
踏青无力醉春风。
最是清明时节雨，
淅淅沥沥乱人心。

元宵节随想

两千多年前，
汉文帝下了一道旨令，
将正月的第一个月圆之日，
定为元宵佳节，
十里长街张灯结彩，
帝王将相与民同庆。

岁月延续至今，
节庆越过越浓。

我想盛一碗西汉的米粉，
接几盏唐宋元明的甘霖，
就着虔诚去小心搅拌，
拌和出一团珍贵的元宵面饼。

再摘几片传统文化的嫩叶，
采撷一些民族精神的花粉，
带着敬仰去仔细捶捣，
捣和成一坨醉人的馅茸。

请来五十六个民族的少女，
在花好月圆的乐曲声中，
穿上鲜艳的民族服饰，
搓揉出满筛的元宵什锦。

用那饱经沧桑的司母戊方鼎，
装上万佛湖的圣水龙津。
再用珍贵的宣德香炉，
将喜马拉雅的圣火燃焚。

一鼎无价的元宵汤圆，
在沸水里祥和地翻腾。
我要将它们——
献给我们古老的祖国，
献给我们伟大的人民。

羊年国庆抒怀

建国六六大顺，
神州处处同庆。
国威震撼环宇，
国力空前强盛。
民生日日向好，
民主月月推进。
人寿年年提高，
幸福代代传送。
吏治日趋清明，
社会渐显安定。
国民同享小康，
美梦紧伴国运。
天空越来越蓝，
溪流越来越净。
如此繁荣盛世，
我要放声歌颂。

荷月夜景

荷月夜静空，
远近虫吟轻。
流萤划冷火，
池鱼拨水声。
牵牛情切切，
织女意殷殷。
漫漫又一年，
相期鹊桥中。

芒　种

芒种时节农人慌，
又割麦子又插秧。
早起星辰还眨眼，
晚歇夕阳已下山。
面粉才磨透甜气，
菜油新榨散清香。
耕作虽苦也有乐，
四季时鲜四季觞。

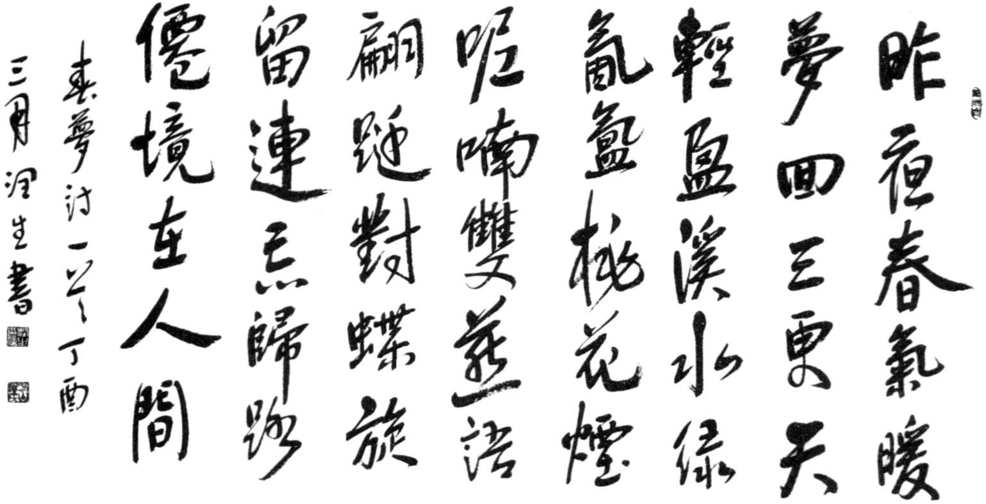
昨夜春氣暖
夢回三更天
輕盈溪水綠
亂畫桃花煙
呢喃雙燕語
翩蹮對蝶旋
留連忘歸路
僊境在人間
春夢詩 二〇一七丁酉
三月 润生書

（方润生　书）

春　梦

昨夜春气暖，
梦圆三更天。
轻盈溪水绿，
氤氲桃花烟。
呢喃双燕语，
翩跹对蝶旋。
留连忘归路，
仙境在人间。

春夏交替感而叹之

人生胜境三月春，
繁花瑞草和暖风。
美景短暂君应惜，
佳期须臾谁可抻。
无情恶雨摧新蕊，
有心善人怜落英。
安得天公降甘露，
是花是草皆长生。

读杜牧清明诗随想

牧童指过杏花村，
樊川顿失烟雨中。
牵牛归栏放把草，
兀自沽酒饮几盅。

清平乐·春分

庐州春早，
柳黄雀舌小。
南溪田鸡呱呱吵，
一阵一阵不了。

春愁最恨夜深，
罗衾轻搭奴身。
辗转反侧无眠，
更加郁郁忿忿。

满江红·新年

小小寰球，
又一轮时序更替。
爆竹声，
上也惊天，
下也动地。
花甲年华倏忽过，
苍茫岁月弹指计。
正红梅傲雪报新春，
漾喜气。

多少事，
浮世绘。
有笑靥，
有苦泪。
成败勿须论，

各得其味。
江山千秋永不老，
人生百年难再会。
应珍惜凡尘走一遭，
当常醉。

雨　水

今天是农历雨水节气，雨水是大自然母亲的乳汁，滋养着世间万物众生。由此产生联想，写了首小诗，表达感恩自然、感恩母亲的心情。

哺乳的母亲，
胸前散发着乳香。
这是最原始的味道，
是香味中的喜马拉雅之巅。

哺乳的母亲，
眼里漾溢着爱意。
这是最感人的眼神，
是生命延续万世的真谛。

哺乳的母亲，
脸上氤氲着慈祥。
这是最美丽的容貌，
是人性真善美健的极光。

哺乳的母亲，
身上萦绕着温柔。
这是最动人的母性，
是母爱海洋的涓涓细流。

哺乳的母亲，
全身充盈着骄傲。
这是最圣洁的神情，
是伟大母亲成功幸福的写照。

致春天(二首)

其一

一阵春风，
从我身上吹过。
感觉是温柔的，
仿佛情人的纤手。

一袭春阳，
从我身上泻过。
感觉是和煦的，
仿佛慈母的双眸。

一记春雷，
从我耳畔响过。
感觉是威严的，
仿佛家父的轻吼。

一片春雨，
从我身上飘过。
感觉是芬芳的，
仿佛天堂的美酒。

若想年轻，
就把自己，
扔进春天里。

若想愉快，
就把自己，
扔进花海里。

其二

快过去了，
羊年的春天，
我愧对于你，
我碌碌无为。

多么好的季节，
莺飞草长，

野翠花艳，
柳荫低垂。

多么好的季节，
云淡风轻，
雨酥雾薄，
鸟声低迴。

多么好的季节，
思绪飞扬，
踏青访友，
流觞曲水。

然而，
我却一事无成，
我愧对于你，
我碌碌无为。

我想留住春天，
春天悄然而去，
我想从头做起，
时光再也不回。

桃花

室内龟背竹

不知道春风是什么，
不知道雨露是什么，
借着双层玻璃透过的光，
借着主人隔三差五的水，
你非但没有枯萎，
反而根繁叶茂茁壮成长！

我常常面对你痴痴地想，
假如把你移栽到小河边，
假如把你移栽到竹林间，
你将会成为一副怎样的模样？

昨夜圆月

你把昨夜的圆月，
幻化成一只篮球。
将它投入篮筐，
看着它悠悠地落下。

篮筐想必是你的心框，
篮球或许是你的追求。

你要让夙愿梦圆，
冲淡些爱恨离愁。

针和线

针的使命，
是为了引线。
线的使命，
是为了缝连。

离开了针，
线怎么来回穿越?
没有了线，
针何必上挑下按!

命定相互依存，
就别影只形单。

引 锥

你的犀利，
是为了刺穿。
你的倒钩，
是为了回牵。
没有你的勾引，
哪有后来，
千丝万缕，
久久不断的牵连。

燕园拾英

燕园春色满目新，
花红柳绿溪水清。
胜景流连看不尽，
最是多情拾落英。

观落叶有感

也曾嫩黄探春风，
也曾葱茏夏雨中。
而今枯萎颓败景，
除却耕心谁上心？

银　杏

嫩绿了一个春，
翠绿了一个夏，
深绿了一个秋，
这立冬不过数日，
你又用满枝的金黄，
涂抹这初冬的天空。

一剪梅·从庐州去柳州

漫山红叶染神州，
行装轻点，独上旅路。
换乘中转黄鹤楼，
江水滔滔，
白云悠悠。

荆楚自古多风流，
湖广不让，
英杰志酬。
思绪万般越千秋，
未丢永州，[①]
又来柳州。

---

① 永州为庐州到柳州途经之地，本句言一路之快。

边疆望月

与援疆同事合作，亦有本翁之意。

昨夜边关月，
柳枝拂玉盘。
独怜征人意，
清辉照无眠。
青天点寒星，
午夜人未闲。
思饮无佳酿，
欲舞难蹁跹。
江淮重山隔，
忆亲梦连连。
遣月报消息，
功绩喜空前。

和文定《晓雨初感》

风轻雨软声声慢，
罗衾难耐五更寒。
金鸡报晓破春梦，
觅来新诗贺新年。

梦蒙城

漆园昨夜又神游，
庄周祠里青瓦楼，
蝴蝶翻飞乱残梦，
锦鲤戏逐知乐愁？

观银屏牡丹有感

银屏有奇花，
生在半山崖。
根深扎石缝，
叶茂映朝霞。
一千二百年，
岁岁吐春华。
百姓苦与乐，
情感寄予她。

卜算子·丁酉春节

千里故乡回，
万头爆竹闹。
神州大地披春晖，
朗朗艳阳照。

城乡共喜庆，
官民齐欢笑。
举国沸腾庆佳节，
同吹幸福号。

四月荷塘

休眠了一个冬半个春，
荷塘又窜出了新韵。
这已不是昨天的莲叶，
是生命的又一个回轮。

立在荷尖的蜻蜓，
憧憬着夏日的粉红。
游在水底的小鱼，
却又忆起冬天的枯蓬。

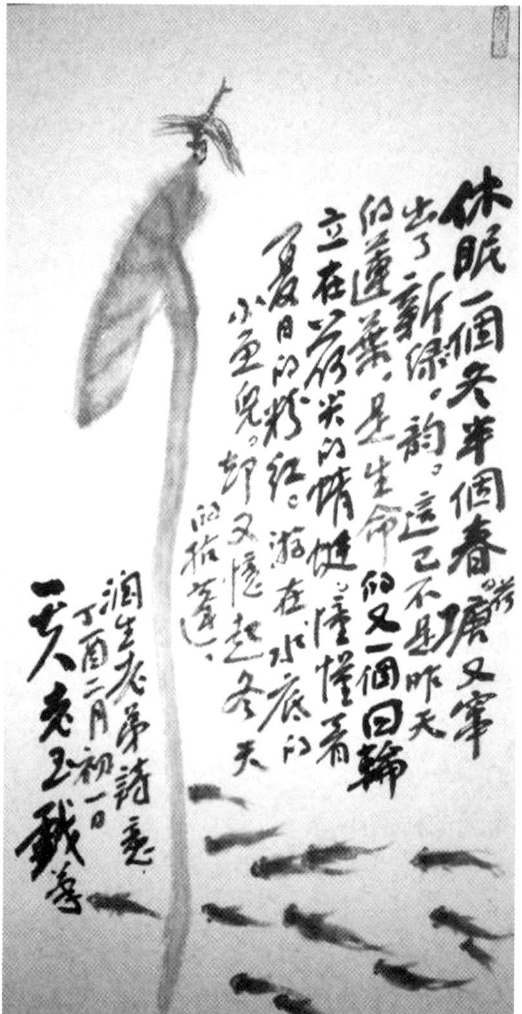

（张兆玉　书）

冬日荷塘

像衰竭的老人，
撑不起未来的岁月。
你垂下头颅，
回望来时的路。

放弃梦想，
选择回忆，
有时并非所愿，
而是别无选择。

鹊 巢

去马鞍山的高速公路两旁，满目可见无数的鹊巢，思之记之。

选址于良木之巅，
搭构在四桠之间。
衔来无数根枝丫，
精巧地编织勾连。

狂风吹不散你，
暴雨冲不落你，
雷电击不垮你，
地震摧不坏你。

你有风水学的选择，
你有建筑学的原理，
你有环境学的眼光，

你有审美学的扬弃。

你是喜度蜜月的婚房，
你是培育子女的圣地。
你是和谐生活的缩影，
你是幸福家庭的真谛。

沿途树上无数的鹊巢，
牵着我的思绪随车轮奔走……

猫叹气

一刀腊肉，
两只咸鸭，
三条干鱼，
四只风鸡，
这是咱家，
整个冬春的牙祭。
怎容得，
鼠的染指，
猫的觊觎，
狗的睥睨！
聪明的篾匠，
发明了神器，
简单又实用，
——猫叹气。
咸货放里面，

既透光，
又透气，
三月半载不变异。
老鼠和猫狗，
成天围着转，
嗅其味够不着，
恨恨地直叹气。
哈哈哈！！！
嘻嘻嘻！！！

题蜀山枫叶

默默无闻春夏间，
花不醉人实不甜。
心中只念秋风起，
寒霜一过红满山。

湖边即景

无垠的荒滩，
春姑娘，
已将它初染。

两头老水牛，
在远处，
把嫩绿轻舔。
老渔夫，
坐在小船上，
他在艰难的思考，
是下水张网?
还是让鱼儿，
在春天里生养?
壮硕的藏獒，
也偎着主人，

帮着他，
左思思右想想。

这难题，
要我们，
共同给答案。

桃 花

你究竟是什么奇花，
引历代诗人竞赞美?

说什么，
鳜鱼因你而肥，
人面因你而绯。

说什么，
你有个避秦世外园，
四月又转入山寺里。

说什么，
乱红如雨坠窗纱，
殷红片片点苔莓。

说什么，
但愿老死花酒间，
荣枯不与众艳随。

当然，
千篇非一律，
也有对你的菲薄之意。

说什么，
惊鱼水溅桥，
轻薄逐流水。

说什么，
花红易衰似郎意，
白待郎来摘一枝。

而在我眼里，
你就是一品应时花卉，
年年如约，岁岁绽蕾。

后　记

1957年5月，我出生在安徽桐城一个叫新店的小村庄。小学读到五年级，“文革”开始，便在家玩了三年。1970年开始，我在家门口读了两年初中、两年高中，1974年17岁便开始在新店公社的初中教书。主教语文，兼教图画、政治。所幸辛辛苦苦，苍天不负，当年的学生不少以优异的成绩考上中专学校，走出农门，成为各行各业的骨干。

1977年恢复高考后，我考上了安徽农学院农业机械系，学习了四年机械专业，毕业后被分配到庐江县工作。人事局、组织部各干了一年半，我就被下派到汤池区当副书记，当区长。彼时基层工作非常难做，干群关系紧张。向农民收税、收粮、搞计划生育、搞出县工程、搞乡镇企业，是每年工作的主旋律，而这些都是老百姓不愿轻易接受的。在任五年，努力拼搏，各项工作名列各区前茅，与十万汤池干群还算结下不错的情缘。在县委县政府对我百般期待的时候，我毅然决然地离开了庐江县，来到当时的省机械厅干部学校（安徽省汽车工业学校前身)工作,历任科长、副校长、党委书记,一晃就是二十八年。其间,我和同志们一起,把一所最初只有二十几亩用地、一万多平米建筑面积和二百多学生的学校,发展成如今有四百亩用地、十多万平米建筑面积和高峰时超过一万名学生的大学校,学校连续三年获"安徽省文明单位"称号,同时成为首批国家级改革发展示范学校。汗水浇洒,桃李遍地,心里时常感觉十分欣慰。

职业学校是传承文化和技能的场所,火热的职业教育理应产生动人的诗篇。用诗歌来讴歌伟大的时代,赞叹美好的人生,抒发丰富的情感,鞭笞丑恶的社会现象……对于传承优秀的民族文化、培育高素质复合型人才具有不可替代的作用,对校园文化的形成也具有积极的推动作用。

近几年,我利用工作之余,创作诗歌三百余首,这次从中挑选八十余首集结刊行。因本人文学功底有限,其中古体诗作,未能严格按照平仄对仗押韵要求创作。非常感谢安徽大学出版社几位朋友对这个集子出版工作的大力支持和倾情付出。感谢微信朋友圈的友人对我创作活动的长期关注与鼓励。

囿于本人学识水平,粗陋和错误之处在所难免,恳请读者诸君批评指正。

方润生

2017.3.20